U0940807

Lettre à D.

Lettre à D.

致 D 情史

Histoire d'un amour

(法)安德烈·高兹　袁筱一 译

André Gorz

南京大学出版社

致 ABC

——代译序

这本薄薄的小册子，我是在一年前开始译的。还记得很清楚，在去法国的短期旅行中，我带上了它。匆促的旅行，却有非常安静的住处。房间外面有一个小小的阳台，白色的塑料桌椅，我趴在房间里小小的书桌上，读完它，并且译了最初的两千字。这个场景符合我想象中的开始，外面开着初夏的花儿，早晨的空气还有些凉，但是白天可以有非常艳丽的阳光。几乎就是书里描写的最后二十三年的时光了，虽然不是在法国的勃艮第，高兹那幢种了两百棵树的房子里。

我不能够有这样的时光，所以，在结束了两千字之后的刹那间，我突然感到了犹豫，是作为译者的犹豫。犹豫不是因为它的意义——意义的问题从来就不在我的考虑范围内；也不是因为它所描述的爱情——高兹并非我现在已经非常惧怕的“浪漫主义者”。我犹豫是因为自己：我不知道，如果自己已经把爱情的实质视作对谎言的维护，是否还能够投入一段他人的，在追寻生命本质层面上的爱情?

或许作为译者，我能够有的最理想的前提只是，几乎和所有的读者一样，我对高兹没有任何“偏见”。没有读过他的作品，甚至没有听过他的名字。零星的资料告诉我，他是一个出色的记者，法国政论性刊物《新观察家》的“创建者”之一。再不就是一些标签：哲学家，最后的“存在主义者”，现代很时髦的新兴学科“政治生态学”的奠基人之一。

因为没有“偏见”，因为对所有这些标签性

的语汇都不是那么敏感，所以，高兹能够打动我的，到我完成了最初的两千字为止，也还是那段印在封底的，小册子的开始文字：

> 很快你就八十二岁了。身高缩短了六厘米，体重只有四十五公斤。但是你一如既往的美丽、幽雅，令我心动。我们已经在一起度过了五十八个年头，而我对你的爱愈发浓烈。我的胸口又有了这恼人的空茫，只有你灼热的身体依偎在我怀里时，它才能被填满。

不知道是不是每一个女人在读了这样的文字之后都会有不明了的愿望，希望自己也可以成为文字中的“你”。可是我们需要明白的是，世界上只有这样一个幸福的女人：D——高兹这本薄薄的小册子所“致”的对象。因为世界上只有这样一个幸福的女人，所以，我们也许不得不怀疑，世界上只有这样一个智慧的女人，并且逢到了一个罕见的，也有潜力变得智慧起来的男人。

在爱情上，这个男人开始也许不如女人智慧。就高兹的描述来看，女人应该是在五十八年前就下决心要创造这样一种幸福，而男人却是在爱情上懵懵懂懂了一段时间，才开始意识到，并且主动地参与到这种幸福的创建中。幸运的是，在共同度过了五十八年之后，这个以文字为生的男人可以写下“万一有来生，我们仍然愿意共同度过”，用平静的幸福清偿当年激情奠定的幸福。

写下这句话后，八十四岁的高兹与身患绝症、不久于人世的妻子多莉娜（《致 D》中的 D）开了煤气，双双离开人世。如果说人离去的时候带不走财富，甚至带不走声名——这一点高兹倒是很早就有所了解——他们却带走了自己的爱情，也留下了自己的爱情。一种别样的生产。

自杀不是一种反抗和姿态，而是一种接受、陪伴和主动的了结，是人作为“主体”的最后的、负责任的行动。我想，在这种前提下，它可以是美丽的，并且具有积极意义的。相信这种不带有任何条件的死亡能够维护一段不带有任何条件的爱情。

《致 D》中的爱情不是文学的爱情，也不是哲学的爱情。它离文学中所擅长的暧昧、罪恶、背叛、金钱以及由此带来的种种冲突很远；它与哲学所擅长的（也是高兹所擅长的）抽象也很远，没有所谓的伦理、道德以及解释的方法。它是生活的，是两个人走了五十八年，社会变迁，两个人也在不停地游走和变化，但维护“执子之手，与子偕老”的决心始终未变。

不是吗？这个开头几乎与所有的爱情故事的开头没有差别。相遇的时候，女主人公美丽、智慧——“witty”，高兹说，这是一个没有办法翻译的词，有着“舞蹈一般的步态”。即便作者能写下“和你在一起我才明白，欢愉不是得到或是给予。只有在相互给予，并且能够唤起另一方赠与的愿望时，欢愉才能存在”这样的字句，也改变不了爱情的伊始是彼此之间互相吸引的本质。

我们已经足够冷静（或者说冷酷），知道男女在下决心要爱对方的那一刹那，是不会有时间思考所谓爱情的本质的。

关键在于互相吸引之后。文学里的爱情从来都没有继续，因为继续不下去。我们可以有很多很多种美丽的相遇，也可以有很多很多种看似美丽的磨难，我们就是不能有色彩绚丽的结局。爱情的结局无论是平淡的幸福还是永远成为回忆的中断，都不能够成为可以绽放的诗篇，都经不起追问，都推挡不了琐碎和卑微的现实。

高兹就是因为这个才曾经犹豫的吧，在婚姻前曾经想要逃跑，止步不前。所以今天他可以明白，有再多的哲学野心——想要改变这个世界的认知的野心——也改变不了他在日常生活中的胆怯、平庸和懦弱。

是D有足够的智慧告诉他，“如果你和一个人结合在一起，打算度过一生，你们就将两个人的生命放在一起，不要做有损你们结合的事情。建构你们的夫妻关系就是你们共同的计划，你们永远都需要根据环境的变化而不断地加强、改变，重新调整方向。你们怎么做，就会成为怎样的人”。对于个人的幸福而言，生活中的智慧远比抽象的智慧来得更重要。所以我们应该能够想象，D后来面对萨特时那种自然的、高高在上的、“女王一般”的气定神闲。D从来都是这样，在面对所谓的“大人物”时永远不会胆怯和局促。

高兹或许从来不怀疑，D的爱情为他提供了“避处”。社会没有给过他安全的感觉，从童年开始，到年轻时代所经历的一切：战争，生存。但仅仅作为“避处”，男人仍然会犹豫，因为他不知道这样的“避处”是不是具有永恒的意义。如果他从来没有学会过承担，他又怎么能够指望女人来帮助他“承担自己的存在”？

我仿佛就是在“避处”这样的字眼前犹豫的，因为这个词让我有些厌烦。用两个人的世界来遮蔽令人倍感不适的社会，这是很多人相爱的理由。男人会对女人这样说，女人也会对男人这样说。激情来到的时刻，在“对方的声音、气味、肤色、动作和存在的方式成为一种理想的标准，能够在内心深处激荡起回声”的时候，没有人会怀疑一个人就足以平复自己身处人群与社会之中的孤独和寂寞。但是这依然不能阻挡日后的分离。形式的东西从来就是重要的，然而有多少男人在用拒绝承担形式为借口在拒绝承担爱情的实质呢？高兹或许也不例外。至少在开始时是这样。人总是陷入悖论里，这是非常令人尴尬的事实。只要是能够冷眼看待，我们一定知道，像萨特那样拒绝“既定观念”的婚姻，无非也不过是走入另一个自己铸就的“既定观念”而已。

当然，我知道这个故事有一个好的结局。归根到底，男人和女人还是有相同的价值观，这让他们能够——尤其是男人——战胜最初的犹豫，走过了超过半个世纪的共同时光。经历过困苦岁月，并且不仅仅是物质方面的。D始终陪伴在高兹的左右，为他做一切，挣两个人生活所需要的钱，或者帮助高兹这个“写者”收集材料，准备档案，总之，只给鼓励，不给压力。两个人的生活好转之后，还有更美好的“帮助”，帮助高兹建立朋友的圈子，像一个真正意义上的“女主人”那样，灵巧地为他应对必然是由各种各样的关系所构成的人生。相信就像所有女人在读完开头时梦想自己能够像D一样收到来世的邀约一样，所有的男人在读完《致D》之后大约也梦想着能有这样一个女人相伴终生吧。在故事的开始，有可以启动爱情的年轻和美丽；而在故事需要延续的时候，有可以延续、随着岁月递增的智慧、温和与包容。

高兹是极少数的，能够完成自己人生理想的人——假如我们不将“名噪天下”作为成功的唯一标志。他的那一大堆“练习簿纸页”终于找到了出版社，他坦言，是出版改变了他的处境，给了他在“这个世界的一席之地”。然后，话语的权力会随之而来，作为记者，作为以话语为最主要存在方式的“哲学家”。高兹的生活方式和思考其实我从来不觉得陌生，在我的身边，有太多也在等待“世界的一席之地”，为消除内心的恐慌下决心做一个“写者”的人。不同的只是，也许他们当中的大多数人并没有等到“一席之地”，即便等来了话语权，也没有等到自己内心真正期待的“一席之地”。有周遭世界的原因，更多的却是自己的原因。

我的担心，或者说我的疑虑在于，爱情究竟在这样的存在中扮演怎样的角色？如果，高兹一辈子也没有能够在这个世界找到“一席之地”呢？还会有这个美丽的爱情故事吗？哪怕是一个我们看不到的美丽故事？而这个故事存在的意义会超出两人的范围吗？

当然，我疑虑的前提并不存在，问题毫无意义。事实是，高兹在他并不算顺利的人生中，在D的协助下，创建了属于自己的一席之地。为此，他觉得应该感谢D，甚至他后悔没有早一点表达自己的感谢，因为在某种程度上，这恰恰也说明了自己的无知和幼稚。

本该早一点，我们喜欢用这样的表达方式。

虽然高兹做得并不算太晚，他只是说得晚了一些。D的疾病在某种程度上改变了两个人生活的流程。对疾病追根溯源，原来我们都是这个工业社会的牺牲品。D经历的事情是我们普通人在这个工业社会里都有可能经历的事情：因为医生的不负责任，脊柱造影用的物质留在了身体里，并且带来了病变和疼痛；然后还有癌症，因为这个人类一手创建和推动的工业社会却恰恰对人不负有任何责任。

高兹做得不算太晚，他选择退休。命运还留给D多少时间，高兹就打算陪伴她多少时间。但是这并不意味着他退出思考。为此有了我们或许听起来还有点陌生的“政治生态学”。不过通俗一点解释也很容易（当生活的具体案例与理论相逢的时候，我们总是更容易理解一些），那就是，“生物技术”或者说“医药技术”在理论的层面遭到质疑，因为我们发现，当技术成为权力的时候，给人类带来的决不仅仅是幸运。值得安慰的是，从爱情的角度而言，D的疾病带给高兹的倒是一个停下个人原先过于集中的思考，然后再出发的机会，让他终于有机会意识到，“我们终于应该充分享受一下现在，而不是总想着构筑未来了”。他“开始思考，什么是（我）应该放弃的，次要的东西”。

不，最重要的东西不是两个人的爱情和简单的陪伴，用对方肉体的存在消除我们在这个世界的寂寞和惶恐。从挽着心爱的人的手，心惊胆战地徘徊在死亡边缘到最终可以打开煤气，两个人共赴另一个世界，这里面所经历的，是对于人与人之间、人与世界之间的更好理解，贴近生命本质的理解；是透过对方理解生命的本质，是透过和对方的关系理解生命的本质；是“经彼此而生，为彼此而生”。正是这样的关系让高兹不再“推迟存在”，他希望，在对方给了他自己生命的全部之后，能够把自己的全部交付在对方的手里——只要她需要。

最美丽的爱情不是在所谓的两难选择中，选择为爱情舍弃其他的一切：声名、财富、乃至皇位，抑或是通过自己来改变这个世界的野心——这恰恰是文学里的爱情；而是通过自己的承担将所有自己认为重要的一切合为一体，合为最基本的“在世经验”。我想，这应该是高兹的意思。而我也是在确立了高兹的这一层意思之后，希望能够将自己融入到他们历经磨难，通过相遇、相守之后所建立的“在世经验”里。

融入，却不是为了这个故事可以成为普天下的爱情模式。抽象的哲学与我们的“在世经验”没有任何关系。或许，生活中的爱情就只是我们丰富、乃至能够更美好地享受个人存在的“在世经验”。遗憾的是，我们大多数人也许一辈子也不可能拥有过这样的“在世经验”。因为我们不够努力，因为我们在下决心的时候，没有迎来那个愿意用他/她的智慧赌你的智慧的人。但是，我们依然以这样或者那样不贴近本质的方式爱过，以这样或者那样的方式在理解我们认为美丽的爱情。理解的努力在某种程度上难道不就已经是爱情的发端了吗？我们不需要比较，只需要一次真正的创造和付出。这其中，我想，应该包括你我的阅读。

为此，我在一年后结束了它的翻译。依然不是在高兹那幢种了两百棵树的房子里。是在秋天的上海，空气中弥漫着桂花的香气。我用我对爱情和幸福的质疑迎来了高兹的平静。或许在结束的此刻，我真的需要下决心相信，爱的岁月是可以随着记忆和文字永在的。或许，我们真的需要，像回望这段“爱的岁月”的高兹一样，学会属于自己的“与现时生活处在同一个平面”的方式。

译者

2009年10月于上海

致　D

很快你就八十二岁了。身高缩短了六厘米，体重只有四十五公斤。但是你一如既往的美丽、幽雅，令我心动。我们已经在一起度过了五十八个年头，而我对你的爱愈发浓烈。我的胸口又有了这恼人的空茫，只有你灼热的身体依偎在我怀里时，它才能被填满。

此刻我只需要告诉你这些简单的东西，已是足够，接下去我们再谈论不久以前开始折磨我的问题。为什么一直以来你很少出现在我的笔端，而我们的结合却是我一生中最重要的事情？为什么《叛徒》(*Le Traître*) 中的你会是一个不真实的、走了形的你？现在这本书应该清楚地说明，我和你相约终生是决定性的转折点，它让我有了继续活下去的愿望。那么，我为什么不在这本书里讲述一个美妙的爱情故事呢？一个我们在《叛徒》写完的七年前开始共同拥有的爱情故事？为什么我不谈谈你身上那些令我着迷的地方？为什么以前我要把你描绘成一个可怜的小家伙，“谁也不认识，不会讲一个法文单词，如果没有我，你就完了”？而事实上，你有你的朋友圈子，你是洛桑一个戏剧小组的成员，甚至在英国，有个男人还眼巴巴地等你回去，想和你结婚。

在写《叛徒》的时候，我并没有能够实现原先所期待的深层次的自我探索。还有很多问题需要我理解和澄清。我需要重建我们的爱情故事，这样才能够抓住真正的意义。正是我们的爱情故事让我们成为今天的这个模样，经彼此而生，为彼此而生。给你写这封信，我就是为了弄明白我所经历的一切，我们所经历的一切。

我们的故事有一个很美妙的开始，几乎称得

上一见钟情。相遇的那天，你被三个男人包围着，借口说是要和你玩儿牌。你有一头浓密的棕发，珍珠色的肌肤，英国女人那种高而尖的声音。你刚从英国来到这里，三个男人都试图引起你的注意，操着生硬的英语向你献殷勤。你是那么高贵，俏皮——witty，几乎无法翻译成法文——美得如同一个梦。就在我们的目光彼此交错的时候，我在想："我不会有机会的。"后来我知道，那天的主人早已和你打过预防针了，说我"是一个奥地利犹太小子，毫无意趣"①。

一个月后，我在街头又遇见了你，看着你舞蹈般的步态，很是着迷。接着有一晚，偶然间，我远远地看见你离开办公室，来到大街上。我跑着想要赶上你。你走得很快。那是一个雪天。大雪过后的毛毛雨让你的头发愈发显得卷曲。我自己都不敢相信，我说我们去跳舞吧。你说行，why not，你说，很简单的回答。我记得日子：

① 原文为英语。

1947年10月23日。

我的英语不太流利，但勉强还行。这多亏我为马格拉特出版社译的两本美国小说。就是在这次，我知道你在战争期间以及战后读了很多书：弗吉尼亚·伍尔夫，乔治·艾略特，托尔斯泰，柏拉图……

我们谈起了英国政治，工党内部的不同流派。你总是很快就能区分什么是主要的，什么是次要的。任何复杂的问题，似乎在你看来都很好解决。你从来不怀疑自己判断的准确性。你的自信是哪里来的呢？你的父母也一样分开了，你很早就离开他们生活，先是离开了一个，然后再离开一个。战争后期，你和你的小猫泰比一起生活，一起分享你的食物配额。最后，你甚至离开了你的国家，想要探索另外的世界。一个一文不名的“奥地利犹太小子”究竟有什么地方吸引你呢？

我不明白。我不知道是什么将我们联系在一起。你不喜欢谈论自己的过去。我是在以后才渐渐明白，究竟是怎样的根本经验让我们能够在瞬间靠近。

我们再次相见。还是去跳舞。还一起看了热拉尔·菲利普主演的《魔鬼附身》[①]。电影里有个镜头，女主人公要求餐厅主管换一瓶已经开启了的葡萄酒，因为，她说，她觉得酒有股子瓶塞味。于是我们在舞厅里重演了这一幕，但是餐厅主管在检查了之后，发现了我们的猫腻。在我们的坚持下，他还是换了一瓶，但他警告我们说："以后休想再踏进这里半步！"我非常欣赏你的冷静和自若。我自忖道："我们天生就是一对好搭档。"

一起出去了三四次后，我终于得以拥你在怀。

我们不急。我小心翼翼地脱去你的衣服。现实与想象竟然会有如此完美的吻合，米洛斯岛的阿芙

① 《魔鬼附身》改编自拉迪盖（Raymond Radiguet）的同名小说，由克洛德·奥当-拉拉执导，1947年出品。

洛狄特[①]鲜活地展现在我面前。你的颈部散发着珍珠色的光辉，照亮了你的脸庞。很久很久，我默不作声地欣赏着这充满生命力，同时却又充满柔情的奇迹。和你在一起我才明白，欢愉不是得到或是给予。只有在相互给予，并且能够唤起另一方赠与的愿望时，欢愉才能存在。那一天，我们彻底把自己交付给了对方。

在接下来的几个星期里，我们几乎每天晚上都见面。你和我一起分享那张我用来当床的、已经深深塌陷的旧沙发。沙发只有六十厘米宽，我们紧紧地贴在一起。除了沙发，我的房间里只有一个用木板和砖头搭起来的书架，一张堆满纸头的桌子，一把椅子和一个电取暖器。对于我苦行僧式的生活，你没有表现出一丁点惊异之情。我也一样，我似乎很自然地认为你会接受。

在认识你之前，和其他女孩子待两个小时以上我就会厌烦，而且我也会让她们感觉到我的厌

---

① 即米洛斯岛出土的维纳斯雕像，现存于巴黎卢浮宫中。

烦。但和你在一起，你却带我进入了另外一个世界，这一点让我着迷。我自童年时代所树立的价值观在这个世界里不再发生效用。这个世界令我心醉神迷。进入它，我就能够逃离，没有所谓的义务，没有所谓的归属。和你在一起，我就到了别处，来到一个陌生的地方，甚至是一个与自己完全不相干的地方。你带我进入了一个完全异质的空间——我是一个摒弃所有固定身份的人，将一个又一个的身份叠加起来，其中却没有一个是我的。在和你说英语的时候，我把我的语言变成了你的语言。直到有一天，我用英语和你说话，而你用法语回应我。我主要是通过你和通过书来了解英语的，对于我来说，它就是一种私人的语言，让我们之间的私密得以保留，抵抗住周遭社会规范的腐蚀。我觉得，我仿佛是在和你一起搭建一个完整的、得到很好保护的世界。

如果你是那种有着强烈民族归属感的人，根植于英伦文化的土壤中，事情一定不可能是这样的。但不，你不是。对于所有属于英伦文化的东西，你总是保持一定的距离，带着批评的目光退后一步，但这并不排除你对于自己熟悉的一切还是有一种默契。我一直说你“仅供出口”[①]，也就是说是专门用来出口的产品，在英伦本土找寻不到。

我们俩对英国大选的事情都很起劲，原因在于它事关社会主义的未来，但并不完全是英国的社会主义。对你最糟糕的攻击就是认为你的观点是出于爱国主义。后来，阿根廷武装力量入侵马洛于内群岛时，我再次证明了这一点。有一个大人物到我们家来，说你的观点出于爱国主义，而你断然回答说，只有傻瓜看不出来，阿根廷之所以发动这场战争，无非是为了重整旗鼓，再次建立法西斯军事独裁政府，英国的胜利最终加速了独裁政府的崩溃。

但是我对此已经有所预见。在我们交往最初的几个星期里，令我感到极端兴奋的，一方面是

① 原文为英语。

你面对母语文化时所表现出的这份自由态度；另外一方面，却恰恰是从你小时候开始就加诸你身的英伦文化的内容。某种能对最严峻的考验报之一笑的方式，某种能够转化为幽默的羞怯，最特别的，是你那些一点也不朗朗上口却节奏分明的儿歌。比如说这首：

Three blind mice
See how they run
They all run after the farmer's wife
Who cut off their tails with a carving knife
Did you ever see such fun in your life as three blind mice

三只瞎眼的小老鼠
看看它们如何奔跑
它们都跟在农夫妻子的身后
是谁用雕刻刀切断了它们的尾巴

在你的一生中

你还没有看到过

比这三只瞎眼小老鼠更好玩的事情吧？

我希望你能以最平淡的方式将你的童年讲述给我听。我知道你是在教父家中长大的，他家在海边，是幢带花园的房子，你有一只小狗叫乔克，它总喜欢把骨头埋在花圃里，之后就怎么也找不到了。我还知道你的教父有一台收音机，每个星期都要换电池。我知道你总是骑着你的小三轮车冲下台阶，就这样经常弄坏小三轮车的车轴；在学校，你用左手握笔，因此，你把两只手垫在屁股底下，就是为了抗拒试图强迫你用右手的老师。你的教父很有威信，他说老师是个笨蛋，并且到学校粗暴地把她打发了。我于是明白了，为什么严肃和尊重权威这一类的事情似乎总与你有些格格不入。

但是这一切都不能解释我们从一开始就形成

的默契。我们之间没有一点相似之处，可一点关系也没有，我仍然能够感觉到，我们在本质上有相通之处，一种很特别的伤痕——这就是我谓之为“根本经验”的东西：一种不安全的经验。甚至你我的这种经验究其本质也是有差别的。但这不重要：对于你我来说，它都意味着我们在世界上没有既定的位置。我们只有自己为自己打下的一小方天地，我们只有承担自己。是在后来，我发现比起我来，你对此更有准备。

自你童年时代开始，你就一直生活在不安全之中。你的母亲很年轻就结了婚，丈夫旋即在1914年去了战场，她便孤身一人。四年后，丈夫从战场回来，残废了。好几年的时间里，他都希望能够重新过回家庭生活，最终却还是去了军人疗养院。

从照片上看来，你的母亲和你一样美，她自然会有别的男人。其中的一个就是被当成“教父”介绍给你的人，转遍了世界之后，他在海边的一个小城市过着退休生活。你母亲带上你和他共同生活的时候，你大约四岁。但是他们的关系没有能够维系下去。两年以后，你母亲走了，留下你和教父，你的教父很宠你。

在接下来的一些年里，母亲经常回去看你。但是每次探望都以尖锐的争吵结束，一个是你母亲，另一个是你称之为“教父”，却更多地把他当作真正的父亲来看待的人。每个人都希望你站在自己的一边。

我能想象你的惶恐和孤独。你一直对自己说，如果爱就是这样，如果夫妻就是这样，那你情愿一个人生活，永远不要爱上别人。而你父母间的争吵主要是为了钱的问题，所以你对自己说，爱情只有在与钱无关的情况下才是真正的爱情。

从七岁开始，你就知道不能相信大人。不能相信你的老师——你教父认为是笨蛋的那个人；也不能相信将你视作人质的父母；当然还有那位牧师，他到你教父家来做客，开始攻击犹太人时，你对他说：“但是，耶稣就是个犹太人！”

“我亲爱的孩子，”他反驳说，“耶稣是上帝的儿子。”

在大人的世界里，你没有属于自己的位置。你必须强势，因为你的世界是一个不稳定的世界。我总是能够感觉到你的力量，同时，我也能感觉到你深藏的脆弱。我喜欢你那种被克服的脆弱，欣赏你脆弱的力量。我们都是在不稳定和冲突中长大的孩子。我们注定要彼此保护。我们需要借助彼此，共同创造一个这个世界原本拒绝给予我们的位置。但是，为了这个，我们的爱情必须也是生活的契约。

我从来没有如此清晰地表达过这种感觉。虽然一直以来，我的内心深知这一切。我感觉到，你也明白。但是，要等我们所体验到的这些能够在我思想及行动的方式中开辟一条道路，这是一个很漫长的过程。

年底，我们不得不分离。我的家庭在我十六岁的时候就离开了我；要到我二十五岁，战争结束，我才能再次见到我的家人。然而，我的家庭和我曾经的祖国一样，都已经变得如此陌生。我早就决定和家人待几个星期后就回洛桑，但是，你那时应该是很担心的，生怕家庭拽住我，不放我。我走之前的最后两天，有一位朋友把他的房子借给我们。我们有了一张真正的床，还有一个厨房，你为我准备了一顿真正的饭菜。我们一起去了火车站，我们俩都没有说话。今天回头去想，我们应该就是那天订的婚。我早有准备，为了这个时刻。在火车站的站台上，我从口袋里拿出应该归还给父亲的金表链，将它套在了你的脖子上。

在维也纳的日子里，我有一间大客厅，客厅里有一架三角钢琴，一个书架，还有几幅画。早晨我就把自己关在客厅里，然后悄悄地出门，在古城的废墟间兜来兜去，只有在吃饭的时候我才和家人在一起。我重写了文集的第二章《审美对话，快乐与美》，我在读多斯·帕索斯的《三个士兵》和黑格尔的《法哲学原理》（我不能保证是这个书名）。1月底，我对母亲说我要

"回家"，回到洛桑的家去过生日。"那里到底有什么让你魂不守舍的？"她问我。我说："我的房间，我的书，我的朋友，还有一个我爱的女人。"我只给你寄了一封信，描述维也纳和我家人的精神状态，暗自希望你永远也不要与他们遭遇。就在这一天，我给你发了封电报："最亲爱的，星期六回。"①

我想，那天我回去的时候，你应该已经在我的房间里了。我的房门锁用小刀或发夹都能打开。那是2月，烧木头的小炉子已经不能用了，唯一取暖的方法就是待在床上。如此清晰的记忆告诉我，我有多么爱你，我们有多么相爱。

接下来的三个月里，我们计划结婚。对于婚姻我有一种原则性的、观念性的偏见。我认为婚姻是一种资产阶级的固有习惯；是将一种关系法律化和社会化，一种原来仅凭爱情将两个人联系在一起，完全没有社会性的关系。面对两个人的

① 原文为英语。

体验和情感，法律关系会产生自我管理的倾向——甚至法律关系是将自我管理当成使命来完成的。我也一直说：“什么能够证明，在十年或二十年后，我们历经变化，而这种生活的契约仍然能够满足我们的欲望呢？”

你的回答令我无法抵挡：“如果你和一个人结合在一起，打算度过一生，你们就将两个人的生命放在一起，不要做有损你们结合的事情。建构你们的夫妻关系就是你们共同的计划，你们永远都需要根据环境的变化而不断地加强、改变，重新调整方向。你们怎么做，就会成为怎样的人。”——这几乎就是萨特的哲学。

5月，我们达成了基本的决定。我通知了母亲，让她把需要的文件寄来。作为答复，她仅仅寄来了一份我俩的笔迹鉴定书，说我们的性格不合。我还记得5月8号那一天。母亲到了洛桑。我们决定一起去她住的饭店找她，下午四点。

我上去告诉母亲你也来了的时候，你就坐在大厅里。她躺在床上，手里握着一本书。“我是和多莉娜一起来的，”我说，“我希望把她介绍给你认识。”“谁是多莉娜？”妈妈问，“我和她有什么好认识的？”“我们很快要结婚了。”妈妈勃然大怒。她搬出一切理由反对这桩婚姻。“她在下面等你，”我说，“你不愿见她吗？”“不。”“那我走了。”

“来，我们走吧，”我对你说，“她不愿见你。”你几乎还没来得及收拾一下的时候，我的母亲，那位贵妇人，从楼梯上走了下来，叫道：“多莉娜，我亲爱的，认识你我是多么高兴啊！”你高高在上的自如与她故作姿态的高贵形成鲜明的对比：我是多么为你在这位贵妇人面前的表现而自豪啊！她可是一直在洋洋自得地夸耀自己给儿子的教育呢！同样，我是多么为你在谈及钱的问题时所表现出的蔑视而自豪，对于母亲来说，这可是能够为我们的结合制造严重障碍的事情。

现在，所有的一切或许变得简单起来。地球上最光彩照人的生灵已经准备好与我分享她的一生。你受到我从来没有进入过的“上流社会”的邀请；朋友们都很羡慕我；当我们手拉手走在一起，男人总是转过身来盯着你看。为什么你要选择这么一个一文不名的奥地利犹太小子呢？在纸上，我能够说清楚——举出赫洛和勒安得尔、特里斯当和伊瑟、罗密欧和朱丽叶的例子——爱情是两个主体彼此沉迷，它在某种程度上是无法描述的，也没有什么可社会化的地方，它可以抵抗住社会强加给主体的角色和镜像，可以抵抗住所谓文化的归属。我们几乎可以把所有的一切放在一起，因为开始时我们几乎一无所有。只需我愿意再继续经历一直以来我所经历的一切，只需我再多爱一点，你的目光，你的声音，你的气味，你细长的手指，你穿衣服的方式，你的身体，你的一切，未来就会向我们张开怀抱。

只需如此：你为我提供了逃避自我的可能，在“别处”——你是这里的特使——安顿下来。和你在一起，我现实的那一面就可以放假了。你是使得现实“非现实化”的添加剂，包括我在内的现实，七八年以来我一直通过写作着手创造的现实。对于我来说，是你把一个充满威胁的世界——在这个世界里，我只是一个非法存在的逃难者，在这个世界里，我的未来从来没有能够超过三个月——暂时放置在一边。我再也没有回到地面上的愿望。我在一种美妙绝伦的存在中找到了避处，我不愿意它被现实追赶上。想到婚姻现实的那一面，在我内心深处所拒绝的，正是它有可能回到现实这一点。现在想来，从我有记忆开始，我就一直拒绝存在。在很多年的时间里，你一直在努力帮助我承担我自己的存在。你的努力，我想，从来没有停止过。

还有其他很多东西可以解释我面对婚姻时的犹疑。理论的，观念的，能够使这份犹疑得到更为理性的阐述。但是最重要的正是我才写下的这一点。

于是，我不太起劲地办理起婚姻所要求的行政手续。其实我应该意识到，在你的脑海里，婚姻和我们结合的所谓法律化、社会化没有任何关系。它只是意味着我们确确实实地在一起了，意味着我已经和你签署了生活的契约，通过它，我们承诺彼此忠诚、付出，承诺彼此柔情相待。你一直忠实于这份契约，但是你不确定我是否懂得如何忠实。我的犹疑和沉默加深了你的怀疑。直到夏天，某日，你平静地告诉我，你不愿再等我有所决定。你应该是认为我不愿与你共同生活。在这样的情况下，你宁愿离开我，以免我们的爱情坠入争吵和背叛的深渊。“男人不懂得如何中断关系，”你总是说，“女人则宁愿断得干干脆脆。”你建议说，最好的方法是分开一个月的时间，好让我能够依据自己的真实愿望做出决定。

我是在那时明白过来，我不需要任何所谓考虑一下的最后期限；如果我就这么让你走了，我一定会后悔一辈子。你是我第一个投入了全身心去爱的女人，我能够感受到你在我内心深处激起的共鸣；总之，是我真正的初恋。如果我不能真切地爱你，也许我再也不能爱任何人。我终于找到了从来都没能表达出的这些词语；我要通过这些词语告诉你，我希望我们能够永远结合在一起。

两天后你去了朋友家，他有块很大的农田。战后不久，你曾经在那里居住过。你还养过一只小奶羊，就像你念过的那首所谓童谣里所描述的那样，你走到哪里它就跟到哪里。我能够想象动物带给你的幸福，也能够想象，农田的主人爱你，还以为你在“脚踏实地”地逗留之后，会同意嫁给他。

你答应我会回来，但我不是很放心。没有我，你的生活会更容易。你不需要任何人的帮助就可以在这世界为自己构筑一席之地。你有一种天生的威严，有合约及组织意识。你幽默，无论在怎样的状况下，你都是那么自在，而且能够让别人也感到自在。对于和你交往的人，你很快就能得到他们的信任，能够向他们提供建议。仅凭直觉，你就能够——速度快得令人惊讶——抓住别人的问题，帮助他们看清楚自己。每天我都给你写信，托一位住在伦敦的老太太——战争让她成了寡妇，她的生活就是每个星期看一本书——

转交。我的信充满了柔情。我已经意识到我需要你，需要你帮助我找到自己的道路；我知道我只能够爱你。

夏末，你终于回来了，和我一起共同度过贫穷的日子。你很快融入了洛桑的生活，远比我容易。我接触的主要是一个由以前的文科大学生组成的协会。几个月以后，你的朋友圈子——其中还有做行政工作的——就远远超过了我的。你参加了查尔斯·阿博泰罗兹组建的一个剧团。剧团的名字是“纸鼻子”，那是阿博泰罗兹根据萨特1947年登在《电影杂志》上的一个剧本改编的。你参加了这出戏的排练，还在洛桑和蒙特勒的三场演出中登台。

多亏了戏剧，你的法语知识取得了长足的进步，远比我教你的要多。我曾经想要用一种德式方法教你法文，就是至少能够背诵一本书的三十页。我们选择了加缪的《局外人》，小说是这样开场的：“今天，妈妈死了。或许是昨天。我收到养老院的一封电报‘母亡。明天入葬。此致敬意。'”直到今天，背诵起《局外人》第一页纸上的内容时，我们还是禁不住莞尔。

很快，你就挣得比我多了：先是上英文课，后来你又给一位失明的英国女作家做秘书。你为她阅读，由她进行口授，为她处理信件。下午，你挽着她的胳膊散一个小时的步。她付你钱，当然也是在黑暗中，而我们的一半生活费都来自于此。你每天早晨八点开始工作，中午回家吃饭时，我通常还没起床。我每天要写到夜里一点到三点，而你从来没有抗议过。当时我正在写文集的第二卷，想要根据本体论意义的等级划分个人与他人之间的关系。在爱情的问题上我遇到了很大的困难（在《存在与虚无》中，萨特用了三十页谈论这个问题），因为从哲学的角度，解释我们为什么要爱，为什么希望被某一个人爱而把其他所有人都排除在外，的确是不可能的。

当时，我没有在我的生存经验中找寻问题的答案。我没有发现，像我此刻所做的这样，我们俩爱情的基石究竟是什么。我总觉得我们对彼此的身体——当我说“身体”的时候，我没有忘记梅洛-庞蒂所说的“灵魂即身体”，当然萨特也有类似的意思——都是如此着迷，但这种着迷又仿佛转瞬即逝，正是这一点让我觉得“痛并快乐着”。我也没有发现，我们对彼此的着迷与童年时的经验是两相映衬的：然而激情一经发现，这最初的发现就使得对方的声音、气味、肤色、动作和存在的方式成为一种理想的标准，能够在内心深处激荡起回声。就是这样：爱情就是与另一个人发生共鸣，身体和灵魂的共鸣，而且只能与他或者她发生的共鸣。我们已经在哲学之外。

我们的苦难岁月在1949年末暂告结束。因为我们一直在为《世界公民报》战斗，我们还在洛桑街头叫卖报纸，于是勒内·波瓦尔，曾经因为道德信仰拒服兵役而坐过牢的报纸国际部秘书长提议我担任驻巴黎的秘书：秘书的秘书。这是我平生第一次以正常的薪酬受聘。我们一起发现了巴黎。就像在这之后我所有的工作一样，你承担起我工作的一部分。你经常来办公室帮助我清理成千上万悬而未决的来信。你参与了英文通报的编辑。我们一起接待来办公室访问的人，邀请他们吃饭。我们不仅仅是在私人生活中紧密相连，我们也在公众的范围里，通过共同的活动形影不离。

每天自晚上十点开始，我会埋首于《文集》的写作，直至凌晨两到三点。“上床来，”①超过三点，你就会说。我回答道：“我马上来。”②而你说：“不要马上来，而是这就来！”③你的声音里没有一点责备。我喜欢你一边执著地要求着，一边总是留给我充足的时间。

你说，你是和一个离开写作就不能活下去的人结合在一起，你知道想要成为作家的人需要远离尘世，需要日日夜夜地做笔记；你知道只要一拿起笔，他的语言工作就开始了，写作可以随时随地占据他的身心，即便前一分钟还好好地吃着饭，谈着话。“要是我知道你脑子里都在想些什

①②③　原文为英语。

么就好了。”有时，看到我出神地沉默着，你会这样说。然而你知道，而且因为你自己也经历了这样的过程：词语如潮涌来，在找寻着它们最为清澈的组织方式；句子断断续续，不断被重写；还有如果找不到一个固定意义的关键词或象征，一闪而过的念头就有可能溜之大吉。爱上一个作家，就是爱他的写作，你说：“那就写吧！”

我们都不怀疑，要结束《文集》，我至少还需要六年。如果我早就知道这一点，我还能坚持吗？“一定会的，”你说。实际上，对于一个作家来说，写什么并不是他的首要目标。他的第一需要就是写作。写作，就是让自己遁出这世界，遁出他自己，为着将世界、将自己变成文学的材料。所探讨的“主题”是在此之后的。主题是必要条件，是写作生产过程中所必需的一个带有偶然性的条件。只要能够写，都可以是好的主题。在截至1946年的六年里，我一直记日记。我写，就是为了消除恐慌。我什么都写。我是一个“写者”。如果一个写者的写作需求有一个合适的主题贯穿始终，并且让这需求有条理地组织起来，成为一项计划，那么写者就变成了作家。我们成千上万的人一生都在写，并且最终没有坚持到底，没有出版任何东西。你也有过这样的过程。你知道，从开始，你就知道一定要永远保护我的计划。

1949年秋初，我们俩结婚了。我们俩都没有想过要休假，虽然我们可以。可能当时我还没有申报我的工资。除了那一点工资以外，考虑到我在《世界公民报》这份职位不够稳定，我们把其他挣的钱都存在存折上。

1950年春，《世界公民报》果然让我失了业，而你仅仅是说："没有这份工作，我们也一样过得下去。"对于常年的困苦日子，你一直拿出一副快乐的态度来对待。你是我们的夫妻关系得以建立的基石。我都不知道你是怎样费尽心机找到那些工作的。早晨你去"大茅屋"做模特。有一个业余画家，他以前是做保险的，退了休，让你每天给他做两小时的模特，他画你的肖像。

你还找到一些上英文课的学生。有个意大利人，我们在《世界公民报》工作时曾经帮助他摆脱困境，他和其他五六个人一起聘用你负责收集印刷品[①]。

你还曾经为英国小学生旅行团当导游，你为他们组织一个星期的旅程。他们在参观荣军院的时候，总是惊讶于法国对拿破仑竟然有这样一份崇拜。在他们看来，拿破仑就只是一个独裁者，被威灵顿公爵打败后流放到了英国的小岛上。你对他们耐心解释。有好几个老师和学生在旅行结束之后还常年与你通信。你做所有事情的时候，都是以本色示人。困苦给了你翅膀，而我不一样，困苦总是让我陷入消沉。

是不是就在这个时候，也可能是早一点，或者晚一点，无论如何是在夏天，我们一起观赏燕子在我们居住的大楼的院子里表演空中杂技，你说："它们倒是不需要担负什么责任，却可以享

---

① 包括招贴画、日历、广告、标签等。

有如此的自由！”中午的时候，你对我说：“你知道吗，三天以来你一句话也没有和我说？”我一直在想，是不是和我在一起，你比一个人的时候还要感觉孤独？

那个时候我从来没有向你解释过为什么我会如此消沉。可能是出于羞愧。我欣赏你的自信，你对未来的信心，你随时随地都能够抓住身边幸福的能力。有一天，你和贝蒂一起吃饭，实际上你们仅仅是在圣日耳曼广场的中心小花园一起分享了一大筒紫樱桃而已，我是多么喜欢这样的你啊。你比我的朋友多。对于我来说，困苦有一张令人惶恐的面孔。我只有临时居留证，要延长就必须找到工作。我去了邦丁，那里有一家化工企业招聘一个文员兼翻译，但是他们觉得我过于大材小用。我还去参加过保险推销员的招聘会，但是这项工作需要一家家地敲门，欺骗那些穷苦人，哄他们签合同。多亏了萨特从中斡旋，我从马赛尔·杜阿梅尔那里得到了一份翻译黑色幽默小说系列的工作，但是这份工作只有六个星期的时间，不能续聘。我还参加了联合国教科文组织的德文翻译考试，在三十来个候选人中我名列第二。每个月我都去联合国教科文组织看有没有空缺的职位，空缺的职位都是怎样的性质。然而没有结果。我发现倘若没有“关系”我们根本找不到工作，但是我们就是没有这所谓的关系。我在知识分子界没有任何交往，也没有可以与之交流哲学想象的人，虽然那时我在这方面的想象力是那么丰沃。我处于失败的境地。你的信任能够给我安慰，但是还不能让我彻底放下心来。最终，多亏了我以前在联合国教科文组织有的一点关系，我在印度使馆找到了一个临时的位置，做武官秘书。每天我给他的几个女儿上两小时的课，撰写关于平衡欧洲军事力量的报告，他就把我的报告原样发给印度政府。这份工作至少使我能够部分地发挥我的才能。我觉得我配不上你，觉得你应该得到更多。

这一段的困苦日子在1951年春末终于宣告结束。多亏了我们经常见面的美国朋友简，她介绍了一位著名记者给我们认识，我找到了似乎天生就注定适合我的一份工作：一份晚报，《巴黎新闻》，每天都有一版是外国新闻，现在他们想出一份外国新闻的杂志，让我来负责。编辑部设在克鲁瓦森街一幢快倒塌的大楼里，离让·饶勒斯[①]被刺杀的咖啡馆很近。

《新闻杂志》每天收到大约四十份报纸和周刊：包括所有的英国出版物，从最严肃的到最轻浮的；也包括所有美国的周刊，再加上三份日报，足足两公斤左右的纸头全都填进了我们唯一的卧室用来取暖的铁皮锅；当然，除此之外还有德国、瑞士、比利时的报纸杂志以及意大利的两份日报。我们只有两个记者处理如此庞大的一堆信息。你经常来编辑部，帮助我们仔细分析相当一部分的英国出版物，做最基本的剪贴和整理工作。你的优雅和英式幽默为我在老板们面前挣了不少分。而我也渐渐累积了一种百科全书式的新

---

① Jean Jaurès (1859—1914)，法国社会主义领导人，1914年遭到法国极右翼分子刺杀身亡。

闻文化，可以处理所有国家的所有问题，包括技术科学、医学和军事方面的。多亏了你日复一日维护整理的十多份卷宗，不管是什么主题的，我都能够在一个晚上写出报纸的一整张版面。

在以后的三十多年时间里，你一直在发掘、丰富、管理自1951年开始建立的资料。1955年，它伴随我一起去了《快报》，1964年又伴随我去了《新观察家》。在这之后，我身边的职员都明白，我根本不能没有你。

是在我进了这份杂志之后，我们的公共生活空间才得以扩大的。我们成了互相补充的关系。除了我全职工作的《新闻杂志》之外，我还兼职为国外的一些机构做事。在这份工作中，我觉得我完全“找到了自己”：我可以在别处，只关心对于我周围、对于我所服务的公众是完全陌生的事情；能够为自己制造不在场。我提炼出看待这个世界的一种外在的目光，我学会在事实面前隐身，让它们开口言说我的所想。我学会了客观性的诡计。我能够以不在的方式留存于自己的位置上。《文集》的写作缩减为每晚十点到十二点和周末的时间。

这段时间如此幸福，只是可惜，我们不得不离开圣父街的这间房子，那还是我们在洛桑认识的一位朋友借给我们的，我们已经住了三年。我们只在一幢十一层大楼找到了两小间阁楼，中间还隔着个阳台。一直到那时为止虽然我们都是生活在贫穷之中，但还没有生活在丑陋之中。我们发现，在圣莫尔街区的生活比在圣日耳曼-德普雷街区的生活要贫瘠，尽管我们挣的钱要比以往多。你觉得自己被流放到了这个街区。如果你不来报社，你就非常孤独。你很少出去看朋友，因为我们的房子离地铁站有半个小时的距离。走出家门，不管你去哪里，到处只有荒凉的街道和布满灰尘的商铺。你很忧伤。

过了两三年这样的流放生活，我们进入了幸福的时光。我得到了《快报》的职位。你建立的资料成了我应聘这个职位的一张王牌。对此我记得非常清楚。

为了支持1955年到1956年间孟戴斯·法朗士的总统竞选，《快报》成为一份日报。然而又再次从日报变回周刊后，像我这样的一批日报记者，倘若不能在改版后的最初几期新刊物中证明自己，就有可能被裁掉。我记得自己写了一篇关于太平洋领域势力共存的文章，举到了艾森豪威尔三年前的一篇演讲，在演讲中，他历数了美国和苏联的相似之处。那个时候，还没有人能够在《快报》签署真名。让-雅克·塞尔文·斯科雷贝尔[①]却提到我的这篇文章，并视其为这方面的杰作，他总结道："终于有个人真正知道资料的价值。"大家都说我们，你和我，是不可分割的，"近乎强迫症一般，彼此关注"，后来，让·达尼埃尔如此写道。而我的《文集》写作也就在这几个星期宣告结束，此后不久，我们又在学士街找到了一小套房子，虽然房子的条件很糟糕，可租金却低得令人吃惊。我们所期待的一切仿佛都要

① Jean-Jacques Servan Schriber，《快报》的创始人之一。

一一实现了。

我在别的书里曾经谈到过，萨特收下了我交给他的那一大堆练习簿纸页。我那时已经明白，而且从开始时就明白：这部手稿是找不到出版商的，尽管有萨特的推荐（“您高估了我的能力”，他说）。你又成了我阴郁心情的见证，接着我又逃回了以前的过程里：我开始写一篇摧毁性的自我批评文章，后来它成为我下一本书的开头。

我曾经想过，你如何能够忍受我在这项工作上的失败，而且这是一项自你认识我以来，我就投入了所有精力的工作。如今，为了能够摆脱，我又埋首于一项新工作，鬼知道这项新工作还要占据我多少时间。但是你既没有表现出困扰也没有表现出一丝不耐烦。“你的生活就是写作，所以写吧，”你重复道。仿佛你的使命就在于巩固我的存在。

我们的生活改变了。我们的小房子吸引了不少来访者。你又有了自己的朋友圈，他们会在傍晚过来喝上一杯威士忌。一个星期，你会组织好几顿晚饭或中饭。我们住在世界的中心。我们的朋友既是同行，同时也是信息的提供者，几个圈子之间的界限模糊不清。例如南斯拉夫的外交官布兰克，他就既是我们的朋友，又在工作上和我们有很多往来。开始时他是南斯拉夫信息中心的负责人，他们的办公室在歌剧院街，后来他成了南斯拉夫大使馆的一秘。

多亏了他，我们得以结交一些非常重要的法国和其他国家的知识精英。

你有你自己的圈子，你自己的生活，不过同时你也一直陪伴着我，出现在我的生活中。我们第一次和海狸①、萨特以及《现代杂志》的“一家人”度过圣诞前夜时，萨特就已经非常注意你，看到你带着一贯在大人物面前所表现出的漫不经心的自在回答他的问题，很显然他非常高兴。我不知道是不是在这个时候，还是再晚些时

① 西蒙娜·德·波伏瓦的昵称。

候，他的一位朋友警告我说："我的小 G.，你可得当心了。你的妻子越来越漂亮。如果我决定追求她，我一定无—法—自—控。"

是在学士街，你完全做回了你自己。你改变了英国小女人的那种嗓音（然而像简·伯金那样的人，她们却是在不断滋养这样一种嗓音），你的嗓音变得更为稳重、浑厚。你还削薄了你那一头美妙绝伦的头发。你只保留了一点点英国口音。你喜欢贝克特、萨洛特、布托、卡尔维诺和帕韦泽的作品。你到法兰西学院去听克洛德·列维-斯特劳斯的课。你想学德语，还买了学习用的书。但是我阻止了你。"我不希望你学习这门语言，哪怕一个词都不要学，"我对你说，"我永远都不会再讲一句德语的。"你能够理解一个奥地利犹太小子的立场。

在法国，也包括在国外拟就的所有报道，几乎都是我们俩一起写的。你让我意识到了我自身的局限。我永远忘不了在格勒诺布尔与孟戴斯·法朗士共同待过的三天为我上的那一课。这是我们第一批报道之一。我们和孟戴斯一起吃饭，访友，和他一起会见当地的要人。你知道，与此同时，我很快就要和法国工人民主联合党的斗士会晤，在他们眼里，格勒诺布尔的那些大老板根本不能够代表所谓“民族的活力”。你坚持发稿前一定要先把文章给孟戴斯读。为此他非常感谢你。“如果你发表了这篇文章，”他对我说，“我可能就再也不能踏上这座城市的土地了。”他似乎并不生气，反而觉得有趣，仿佛他觉得，在我这样的年龄，处在我这样的位置，出于政治现实，我情愿选择激进主义。

在那一天，我意识到，你比我更有政治意识。你能够发现我发现不了的事实，因为我很难将现实和我的文字对应起来。我变得谦虚了一点。渐渐习惯在发稿之前给别人看看。我非常重视你的批评意见，虽然我喜欢低声抱怨：“为什么总是你有理！”

随着岁月的流逝，我们夫妻关系的基础也经历了改变。我们的关系成了一张滤网，我与现实之间的关系都要经过这张滤网。我们的关系有所改变。原先，因为我专横的一面，很长时间以来你都被我吓住了；对于你不能掌握的理论知识，你不敢发表意见。渐渐的，你不再听凭自己被我影响。不仅如此：你反对一切理论建构，尤其反对所谓的数据统计。你说，统计数据只有在被阐释时才具有意义，因而它们根本没有什么说服力。但是阐释却根本不是以数学性的精准为目标的，虽然统计数据觉得自己的所有权威性正来自于此。我需要借助理论来梳理我的思维，我反驳你说倘若思维没有清晰的结构，它就有可能坠落在经验主义和琐碎无谓里。你则回答说，理论总是有成为枷锁的危险，会妨碍我们看见随时都在改变的现实的复杂性。我们就这个问题讨论过十几次，并且都很清楚对方会怎样回答。讨论更像是游戏。但是你玩这样的游戏已经非常拿手。你无需认知科学作支撑就很清楚，如果没有直觉和情感，就无所谓智慧和意义。你的判断要求有真真实实的经验基础，是可以沟通的，而不是可以论证的。判断的权威性——姑且让我们称之为伦理——应该是无需辩论就可以成立的。而所谓理论判断的权威性却会因为没有能够在辩论中占上风就立刻土崩瓦解。我的“为什么总是你有理”没有任何别的意思。我想，比起你需要我的判断而言，我更需要你的判断。

我们在“学士街”的时光持续了十年时间。我不是想要描述这两年的时光，我所想做的，只是分离出其中的意义：我们的共同活动越来越多，而同时，我们却也越来越清晰地勾勒了自己的存在。这种趋势在后来得到了不断的发展。你一直比我要更像一个成人，而且越来越成熟。你在我的眼神中分辨出一种孩子般的“无辜”；你原本可以说我“幼稚”。而你在不断成长，并不借助所谓的教义、理论或者思想体系，你不需要借助这些心理上的补形术。我需要，是因为我要在知识分子的世界里确立自己的位置，即使我对此也产生怀疑。正是在学士街，我完成了《文集》的四分之三内容，还有后面三本文论。

《叛徒》于1958年出版，在我交稿十八个月之后。就在我把手稿转给瑟伊出版社二十四小时不到的时间，你接到了弗朗西斯·让森的电话，他问你："他现在干什么呢？""还在写，"你回答道。你已经明白，让森准备出版我的这部手稿了。

你经常说，这本书的写作改变了我。"结束这本书之后，你已经不是原来的你了。"我想你错了。并不是写作这本书改变了我，而是生产出一个可以出版的文本，并且看着它出版。它的出版改变了我的处境，给了我在这个世界的一席之地。它让我想的变成现实，一种超出我的意愿的现实，迫使我不断重新定义自己，不断超越自我，这样才能够避免成为他者之镜的囚徒，避免成为他者之镜里的那个固定形象，避免成为客观现实之外的另一个人，一个成果。文学的魔术：就在于我描述自我，在拒绝存在中写作的同时，它让我得以进入存在。这本书是我拒绝的成果，它就是拒绝本身，然而它的出版却阻止我在这拒绝中坚持下去。这正是我所期待的，只有出版能够让我得到：我不得不更深地介入，这是我在孤独的意愿中做不到的，我也不得不向自己不断提出问题，不得不追寻我一个人无法定义的结局。

因而，倘若仅仅是写作的过程中，书是无效的。只有随着它让我遭遇各种可能性或是始料未及的其他人时，它才渐渐变得有效。例如，在1959年的时候，它似乎就变得有效起来，那是让-雅克·塞尔文·斯科雷贝尔发现了我在政治经济方面的才能之后：我不再只操心“外面”的事情。写作活动也能够担负起向他人介绍的责任，担负起物质世界的重量。《衰老》则是我向青少年时代所作的永别，是我的放弃，放弃德勒兹-伽塔利后来所谓的“欲望的无休无止”以及乔治·巴塔耶所谓的“可能性无处不在”，这种放弃只有通过对于所有限定的根本拒绝才能够达及：想要什么也不是的愿望与想要成为一切的愿望彼此混淆。在《衰老》的结尾，是这样一段自我勉励：“必须接受结束，必须接受是在这里，而不是在别的任何地方，是在做这个而不是别的什么事情，现在，永远，永远……必须接受这份生活，唯它而已。”

直到1958或是1959年，我才意识到，在写作《叛徒》的过程中，我并没有清算自己的欲望，“什么也不是，毫无意义，完全沉入自己的内心”的欲望，“无法客观化，无法定义身份”的欲望。我已经充分意识到，所以可以记下这样的话：“关于自己的这段思考必然确认和延长（关于生存的）基本选择，因而也不能指望基本选择还能够得到修正。”这不仅仅是因为关于自己的思考并没有把我卷入进去，更是因为我没有真正介入关于自己的思考。我决定用第三人称写，以避免成为自己的同谋，或者说避免取悦自己。第三人称让我与自己之间保留一定的距离，它让我能够树立一种中性的、编码式的语言，能够为自己的存在和运转方式画下一幅近乎诊断性质的肖像。这幅肖像往往是残忍的，充满了嘲讽。我避免取悦自己，却掉入了另一个陷阱：通过残酷的自我批评来取悦自己。我就是纯粹的、无形的目光，与这目光所见的东西完全不搭。我将把所能够了解的自己转化为关于自我的知识，如此一来，我永远无法与自己取得一致，我只能把自己当成他者来了解。这本文论一直在不停地肯定这一点："瞧，我比我自己更高一筹。"我需要向你解释这一切，因为我的这种态度能说明很多事情。

我只是快速地看过《叛徒》的校样。自己的文章一旦印成书，我就再也没有重新读过。我讨厌使用"我的书"这样的字眼：从中我看到的正是一种虚荣的特质，正是通过这种虚荣，主体会洋洋得意地吹嘘别人所赋予他的品质，殊不知这恰恰说明他已经成了他者。书已经不再是"我的思想"，既然它已经成了这个世界的某样东西，它属于别人，不属于我。在《叛徒》的问题上，开始时我并没有"打算"写一本书。我并不想把研究的结果变成一本书，我只是想要写下正在慢慢成形的研究，容纳进所有处在原初状态的发现，所有的失败，错误的踪迹，还有摸索之中的，永远没有能够完成的方法。我意识到“可能一切都说了，然而与此同时，一切都还有待陈述，永远，一切都还有待陈述”——换句话说：最重要的是有待陈述的，而不是已经言说的——对于我来说，我已经写过的东西远远没有我接下去能够写的东西更重要。我想，对于所有的写者/作家来说，这一点都是一样真实的。

的确，研究在第二章就中止了。就在第三章前，我已经太清楚我所找寻到的结论。莫里斯·布朗肖在他的一篇长文中注意到了这点：结论（“我”这一章）只是为第一章中就已经存在的诊断给出了一个合适的、综合的形式。没有任何发现可言。第三章和第四章为主题和思考所占据，宣告了在下一部书里，这些主题和思考将会得到展开。

在起名为“你”的一章中，我经常跑题，这一章耗费了很多精力在主题和思考上。《叛徒》

在“弗里奥”系列[①]出版后，我不无沮丧地发现了这一点。我几乎没怎么看校样，只是在“你”这一章中加入了我先前删去的九到十页纸，那是我在二十年前为维尔索出版社的英文版所写的内容。这些删节的部分主要是关于罗曼·罗兰的一场论战，其中有足足四页纸是用非常小的字体打成的“详细脚注”。这一关于哲学和革命的跑题也是我故意将“个人冲突简化为冲突模式”的一部分；是我故意“逃离到观念的王国里，在这个王国里，所有的事情都只是某个基本观念的偶然展现”。然而，尽管我揭露出了自己的这种态度，这却并不意味着我就此放弃，不再坚持。这一章接下来的部分所给出的例证几乎可以称得上是夸张。

这一章应该标志着我生命中一个重大的转折点。它应该说明我是多么爱你，不，比这还要美好：是和你一起发现了爱，这份发现终于让我找

① “弗里奥”是法国伽里玛出版社的一个出版系列。

到了存在的愿望；它还应该说明执子之手的承诺为什么在日后会成为我的存在得以皈依的原动力。故事的陈述却在《叛徒》写完的八年前停下，以我永远不让自己离开你的誓言而告结束。省略号。这一章换了主题，开始描写金钱如何成为人际关系的中心问题，成了对于消费模式和资本主义生活方式的批判等等，总之，是应该成为下一本书的所有主题。

麻烦在于，在这一章里没有任何关于存在的皈依：没有任何关于我的，或者说我们的爱情发现，没有我们的故事，没有一丁点痕迹。我的誓言只是形式上的。我没有承担起它的重量，也没有将它具体化。相反，我只是以普遍原则的名义对此进行了辩护，仿佛我对此感到羞愧似的。我很清醒，因为我甚至记下了这样一点："不是吗，我在谈到凯的时候，很明显的，是将她当成处在弱势的小东西来谈的，而且一副抱歉的口吻，仿佛应该为经历这一切感到抱歉似的？"

那么，在这一章里，我的动机究竟是什么

呢？包括在整本书中，我的动机究竟是什么？为什么我在谈到你的时候，总带着这么一种漫不经心、高高在上的神气？为什么我给了你那么一点可怜的位置，然而就在这么一点可怜的位置里，你的形象也总是变形的，没有得到足够的尊重？为什么即便是影射到我们的爱情故事的片言只语，也总是要和另一个故事交织在一起，另一个我津津乐道于分析的，有关失败爱情和坚决分手的故事？这是我在不无沮丧地重读这部作品时，对自己所提出的问题。显然，我的动机首先是一种几乎接近病态的需要，我需要超越于自己之上，超越自己所经历的，所感觉到的，所想的，固执地将之理论化、知识化，我想成为纯粹的、透明的精神体。

这动机已经贯穿《文集》中。当然，在《叛徒》中它更为显而易见。我希望谈论你的时候，把你当成我一生之中唯一的真爱来谈，而我们的结合对彼此来说都是一生中最重要的决定。但是很明显，这个故事没能迷住我，这个故事，还有在我写《叛徒》时，在我们做了这个决定之后，共同度过的那七年时光。第一次深深地爱上一个人，同时也得到这个人的爱，以前我觉得这样的故事太平庸，太个人，太普通：这不是能够让我进入普遍意义的物质。相反，失败的、不可能的爱情才是高贵文学的范畴。我一向只在失败和虚无之美中感觉自在，而不是成功和肯定之中。我必须位于你我之上，不惜以损害我们，损害你为代价，借助超越我们个体存在的思考。

这一章的目的正在于揭示这样一种态度，在于揭示正是这样的态度将我们带到了分离和中断的边缘。为了不失去你，我必须选择：要么根据自己抽象的原则，过没有你的日子；要么挣脱这些原则，和你在一起生活："……比起这些原则，他更喜欢凯；但这是他不太情愿的，无意识的选择"。无意识，是指没有意识到你默许的，现实的——而非本源的——牺牲。

我在这里当作一种皈依来陈述的故事接下来却被十一行文字腐蚀了，并且完全背离了这个故事。我所描写的自己和1948年春天的状态是一样的：不适合生活。“在这个六平方米的天地里，他们度过了共同生活……他一言不发地出出进进，终日埋首于稿纸之间，总是用不耐烦的单音节词打发凯。‘你一个人过就够了’，她总是说。的确，在他的生命中，没有给任何一个个体留下些许的位置……因为作为一个特殊的个体，他不具有任何重要性，而如果有人将之当作个体来迷恋，他对此也不感兴趣。”往后的整整一页我都用在了我自己所谓的“关于爱情和婚姻的做作的长篇大论”上。

我似乎非常严厉地审视了自己的过去。但是为什么，在我们的故事开始七年半以后——在1955年或1956年——写成的一页半纸上，有六行关于你的描述，我却把你描述成一个可怜的小女孩，“谁也不认识”，在瑞士生活了六个月之后却“不会讲一个法文单词”？然而我却很清楚你有你的朋友圈子，你挣钱挣得比我多，而且英国还有个忠实的朋友在等你下决心嫁给他。为什么我会写下这些令人厌恶的文字："如果他放弃她，凯就会以这种或那种方式被摧毁……"九页之后，在关于我的"誓言"部分，还有五行毒药。你曾经对我说过——这是出于我的漫不经心所做出的预见——如果"我们只是在一起度过短暂的时光，（你）情愿现在就离开，这样还能保留关于我们爱情的美好回忆"。我显露出被打击的样子，但是又一次把你描绘成一个小可怜："……如果他让凯走，如果他一生都要想着，她不知道将有关他的回忆带到了什么地方，在照顾病人或负起某个家庭的责任中找寻避处。……他就是一个叛徒，一个胆小鬼。而且，如果说他还不确定是否能和她共同生活，他能够确定的是，他不能失去她。他抱紧了凯，带着某种解脱说：'如果你走，我就跟着你。我不能忍受自己就这么眼睁睁地看着你走'"，过了一会儿后，他又补充道："永远不能。"

实际上，当时我说的是："我爱你。"但是在我的陈述中，这句话却没有出现。

为什么我会觉得我们的分手对你而言比对我而言要更加不堪承受？就是不愿意承认事实恰恰相反呢？为什么我要说我应该为你的生活“处于目前这样一种形式”而负责，要说“我有责任”让你的生活“更为舒适”？总的算起来，在二十页纸中，出现了三剂，十一行毒药；三次降低你的价值，让你变形的轻描淡写，那是在我们开始共同生活了的七年之后；正是这三剂毒药剥夺了我们七年共同生活的意义。

是谁写了这十一行文字？我想说的是，写下这些文字的时候，我究竟是什么样的一个我？我必须要重建我们的这七年生活，要讲清楚对于我而言，你究竟意味着什么，这份需求是如此迫切，简直令我疼痛。在这里我已经尝试着建立起我们爱情故事和夫妻关系的整体框架。我却还没有能够充分挖掘我写下这些文字时的那段时间。我应该在那段时间里找寻解释。我记得1955年可以算得上是幸福的一年。我换了一家报社。我们一起在大西洋海岸度假。我在第十一区开始了

《叛徒》的写作，人处在深深的惶恐中。这一年的最后一天，我们签下了学士街的租房合同。我们经历了满怀幸福和希望的时刻。

但是，我越往下写，手稿中的政治成分就越浓。“你”这一章还是顽固地对个人、私人关系进行了定位，包括爱情关系和夫妻关系，当然，我是将其放置在异化的社会关系中加以定义的。纪德在他的《日记》中曾经提到过，他总是把前一本书当成后一本书的对立面来看待。我也同样如此。从文学的角度而言，对于自我的探索几乎是一条死胡同。我们无法再重写一遍。我已经在准备下一本书了，虽然它还没有得到明确的定义，那时我正在读让-伊夫·卡尔维[1]的《马克思》，马克思青年时代的一些作品以及伊萨克·多伊彻[2]的《斯大林》。我想赫鲁晓夫在苏共二十大的报告标志着一个重要的转折点，而知识分

---

① Jean-Yves Calvez (1927—2010)，法国哲学家、神学家。

② Isaac Deutscher (1907—1967)，英国历史学家、记者，原籍波兰。

子即将能够在共产主义运动中起到决定性的作用。我有点像卡齐米日·布兰迪斯[①]在《保卫格林纳达》中所描写的那群剧团成员一样，希望自己勾勒的所有精神运动都能够符合党的要求，并且每个人都在进行批评和自我批评，因为每个人在内心深处对于自己承担的任务都有所保留。我也几乎将爱情看成一种小资的情感。

我“总是用一种抱歉的口吻谈论你，将你当成处在弱势的小东西”（这是我在《叛徒》中所做的说明，现在看来很说明问题）：很显然，我把你表现出来的依恋当作是弱势的表现，至少在我写的东西里是这样的。弗朗索瓦·阿尔瓦勒曾在那时对我说过：“你有一个革命者的癫癖。”你不无焦虑地——有时是不无愤怒地——看着我渐渐地转向亲共的一面。与此同时你让我喜欢上我们私人空间和公共生活的扩展。卡夫卡在他的《日记》中的一句话很能简要概括我那时的精神

① Kazimiez Brandys（1916—2000），波兰作家，电影剧作家。

状况："我对你的爱不讨我喜欢。"我不喜欢爱上你的自己。

最终我懂得，我站在法国共产党那一面的理由都很糟糕；不久以后我也明白了，知识分子并不能推动法国共产党的改变。1957年初我们新结交的一些朋友让我得到了改变，当然还有新的阅读，尤其是大卫·里斯曼①和查尔斯·怀特·米尔斯②的作品。

待到《叛徒》终于出版，我才重新意识到我欠你的是什么：你把你的一切都给了我，帮助我成为现在的我。在给你的一册书上，我题道："给你，我的凯，你把你给了我，你把我给了我。"

如果我在这之前能够在"我的书"中充分展开这一点多好。

我必须退后一步，才能够将我们的故事接着

---

① David Riesman（1909—2002），美国社会学家、律师、教育家。

② C.Wright Mills（1916—1962），美国社会学家。

讲下去。在我们住在学士街的那几年，我们渐渐摆脱了物质上的困窘。但是我们的消费水准从来都没有跟上我们的购买力。在这个问题上我们俩之间有默契。我们有相同的价值观，我是说，在什么能够赋予生活意义，什么有可能剥夺生活意义的问题上，我们有相同的想法。我记得我一直以来就很讨厌所谓“富裕”的生活方式，讨厌浪费。你也拒绝追随时尚，对时尚你一向有自己的看法。你拒绝为广告和营销所左右，只要你不觉得需要，你就不会买。度假的时候，在西班牙，我们住在“当地居民”家里，在意大利，我们不是住在小饭店就是住在简朴的、包食宿的旅馆里。1968年我们才第一次住进一家大饭店，那是在意大利布诺秋索度假村。我们共同生活十年后，终于有了一辆老式的奥斯汀轿车。不过我们还是拥有个人的“机械化装备”，这都是因为那该死的政策，说是这样就可以想办法避免计在共同财产的份额内。你是负责日常开支的，预算由你决定，根据我们的需求加以管理。这让我想起你七岁时就已经得出的结论，如果是真爱，就不应该把钱放在眼里。你确实不把钱放在眼里。我们经常给对方钱。

我们习惯周末去乡间度过。后来，我们不想总住小旅舍，于是就在离巴黎五十公里的地方买了一座小房子。在所有时期，我们都要散两个小时左右的步。你似乎与所有的生命都有种可以感知的默契，你教会了我欣赏和喜爱田野、树木和动物。你和它们说话的时候，它们总是专注地倾听，我觉得它们一定听懂了你的话。你让我发现了生活的丰富性，通过你，我爱上了生活——如果不把这话反过来说（但这是一回事）。就在我们搬到小房子里不久，你养了一只灰色的虎斑猫，它好像总是很饿，在我们的房门前等着我们。我们治好了它的疥疮。第一次它自己跳上我膝头时，我感觉自己很为它自豪。

我们的道德观——如果我可以这么说的话——使得我们满怀喜悦地接受五月风暴以及之后一系列事件的到来。突然间，比起“无产阶级左派组织”，我们更喜欢“革命万岁组织”，比起贝尼·列维[①]，我们更喜欢梯也诺·格朗巴赫[②]和他的团体。在国外，我被当成了五月风暴的先驱，甚至还有人把我当成风暴的组织者。我们一起去了比利时、荷兰、英国。接着，在1970年，我们去了马萨诸塞州的剑桥。五年前，我们还一起去过纽约，我们先前很讨厌美国文化，奢靡的风气、烟尘、炸薯条加番茄沙司再配上可口可乐，粗鲁的左派，城市生活地狱般的节奏——我们毫不怀疑用不了多少时间，巴黎也无法幸免这一切。在剑桥，我们却被主人的热情好客以及他们对新思想所表现出的兴趣深深吸引了。我们发现了某种“反社会的模式”，一种就在表象社会之顶下挖地道的反社会模式，我们在等着它能够浮出水面的那一天。我们从来没有看见过那么多的“存在主义者”，或者说，是决心投入“改

① Benny Lévy（1945—2003），法国哲学家，作家，曾任萨特的秘书。

② Tiennot Grumbach，法国劳工事务的律师，曾为“革命万岁组织”的领导人、创始人之一。

变生活”的人，他们对政权已经不再抱有期待，着手于一起投入另一种生活，将他们选择性的目的付诸实践。我们受到华盛顿一位“智囊团人物”①的邀请。你受邀参加“玫瑰加面包”②的几次会议，并且我也能够一起参加。回到巴黎之后，你带回了好几本书，其中就有《我们的身体，我们自己》。我们有一个属于两个人共有的圈子，但是我们看待的角度有所不同。正是因为这不同，我们得到了丰富。

在美国度过的日子让我们关注的东西得到了拓展。是这段日子帮助我懂得，以往阶级斗争的形式和目的并不能够改变社会，工会斗争应该转向新的领地。从美国回来的第二年夏天，我们非常激动地阅读了一篇文章，这是为在墨西哥库埃纳瓦卡召开的一次二十多人参加的讨论会准备的。我不知道让·达尼埃尔怎么弄来了这篇文章。他要求我为报纸做个简述。文章暂定的题目

①② 原文为英语。

是《正重新沦为工具的社会》。文章开头说，经济的持续增长将会以八种方式引起威胁人类生活的重重灾难。我们觉得文章仿佛与雅克·埃吕尔[①]和金特·安德斯[②]所阐述的想法不无相似之处：工业的发展将社会变为一个巨大的机器，它不仅没有使人类得到解放，而且缩小了人类能够自我掌控的空间，为他们规定了什么是他们应该追求的目标，他们应该如何达成这样的目标。生产不再是为我们服务，我们倒过来为生产服务。因为一切类型的服务都有专业化的趋势，我们无法再承担起服务的责任，自行决定我们的需求，并且自己实现需求的满足：在所有的事情上，我们都取决于“让人濒于瘫痪的专业性”。

夏天的假期里，我们一直在探讨这篇文章。文章末尾的署名是伊凡·依利希[③]。他将在所有

---

① Jacques Ellul (1912—1994)，法国社会学家、神学家，法律史教授。

② G ünther Anders (1902—)，德国作家、思想家，现居波兰。

③ Ivan Illich (1926—2002)，奥地利哲学家，政治生态学领域的重要作家。

左派中非常流行的“自我管理”的概念放置于一个全新的背景中。他强调了“技术批判”以及要对生产技术——我们在哈佛遇到过一位倡导“生产技术”的活动家——的概念进行改写的紧迫性。他令我们扩大自治空间的需求变得合法，使之不再仅仅被当成一种私人需求来思考。也许，这篇文章在我们建设一座真正家园的计划中扮演了重要的作用。正是在这一年夏天的假期中，你画了家园的草图：一个“U”字形的家。

就这样，我们一起进入了日后不久就成为政治生态学的领域。在我们看来，它是1968年五月运动中心思想的延伸。我们经常接触的是“张开的嘴巴”和“野地”组织的人，米歇尔·洛朗和罗贝尔·拉蓬什，我们在找寻技术科学、能源政治学的新方向，在找寻生活方式的新方向。

我们与伊凡·依利希第一次见面是在1973年。他希望邀请我们出席即将在次年召开的医学研讨会。但我们觉得对于医学技术的批判和当时我们个人的主要研究不太相符。

1973年，你在伽利略出版社工作，负责外国版权的工作。这项工作你做了三年。每个周末，我们都在我们未来家园的工地上野餐。所有的一切都将我们维系在一起。但是你的生活却因为痉挛发作和不明原因的头痛受到了干扰。你的运动按摩师怀疑你过分紧张；你的医生在做了一通徒劳的检查之后，给你开了一些镇静药。然而镇静药却让你非常消沉，以至于你不无震惊地发现自己竟然在哭。自此之后你就再也没服用过镇静药。

第二年夏天我们一起去了库埃纳瓦卡。我在那里研究了依利希为他的《医学的涅墨西斯》所搜集的资料。我们说好等这本书出来，我会为他写些文章。第一篇文章的题目是《什么时候医学开始让人生病》。在今天，大部分人认为这篇文章陈述了一些显而易见的事实。可在当时，只有三位医学界的文人没有攻击它。其中一位叫古尔-拜炎，她强调了症候与疾病之间的差别，捍卫一种关于健康的整体观念。

你的病情突然严重起来，我去见了这位医生。在你头痛得厉害时，你甚至都躺不下来。你整夜站在阳台上，或是坐在扶手椅里。我曾经想要相信我们的一切都是共同的，但是当你沉浸在痛苦中的时候，你却是那么孤独。

古尔-拜炎医生为你的脊柱拍了片，她注意到在你的脊柱管中，从腰部一直到脑部，散布着一种造影用的物质。这种物质是碘油，八年以前你曾经注射过，因为当时你患腰椎间盘突出，有可能导致瘫痪，所以做了手术。我听到放射科医生安慰你说："这物质十天后就会没有的。"然而八年之后，一部分液体上升到了你的脑颅中，另一部分则在颈部的位置形成了包囊。

古尔-拜炎医生把她的诊断告诉了我：她说你患了蛛网膜病变，没有任何办法能够抑制你病情的发展。

我在医学杂志上找到了三十多篇关于脊髓造影的文章。我还给一部分作者写了信。其中的一位——他是一位挪威人，叫斯卡尔普——曾经在实验室里做过人体和动物的解剖，他指出，碘油永远不会自行消失，而且会造成日益严重的疾病。他的信是这样结尾的："我感谢上帝，希望这种产品从来没有被使用过。"而贝勒医学院（得克萨斯州）一位神经学教授的来信同样不太乐观："蛛网膜病变中，主要是脊椎索会被大量丝状物覆盖，有时脑部也会被侵蚀，丝状物形成了瘢痕状的物质，压迫脊椎索，同时也会压迫附近的神经末梢。病变会引起不同形式的瘫痪或痛苦。阻断一部分神经或者药物治疗有可能会对蛛网膜病变有所帮助。"

你于是不再寄希望于医学。你拒绝对镇痛剂的习惯和依赖。你决定由自己来承担你的身体、你的疾病和你的健康；决定将生活的权利收归己有，而不是听凭医学技术科学来影响你，影响你的身体。你不了解医学，可同时，你却因为遭遇到了所谓医学体系的恶意而备受伤害，于是你与一个国际病友互助组织取得了联系，就是互相交换信息与建议的那种。你开始练瑜伽。你控制自己的身体，通过古老的自律方式来排遣病痛。在你看来，能够理解自己的疾病，并且由自己来负责，是唯一不受它、不受专家控制的方式，正是那些所谓的专家把你变成了一台只会吞药的被动机器。

你的疾病将你带回了生态领域和技术批判领域。而当我为报纸准备关于药物选择的专刊时，我也一直在想你的问题。在我看来，医药技术是福柯日后称之为“生物权力”的一种特殊形式，在这种权力中，技术控制已经直接影响到最为私密的、人和自身的关系。

两年以后，我们又一次受邀去了库埃纳瓦卡。接着我们还应邀去了伯克利，圣迪亚哥附近的拉荷亚，我们住在马尔库塞①家。我偷偷地拍了一张你的照片，是你的背影：在拉荷亚的大海滩上，你的双脚踏在海水里。你五十二岁。美丽绝伦。这是我最喜欢的你的影像之一。

---

① Marcuse(1898—1979)，德裔美籍哲学家、社会理论家。

回来后，你对我说你在怀疑自己是不是得了癌症时，我久久地看着这张照片。在我们出发去美国以前，你已经在怀疑了，但是你不想告诉我。为什么？“如果我要死，我想在死前看看加利福尼亚，”你只是平静地对我说。

以往每年的常规检查并没能查出你的子宫癌。确诊之后，我们定下了手术日期，然后，一起去你设计的房子里过了一个星期。我用一把刻刀把你的名字凿在房子里的一块石头上。这真是一座神奇的房子。所有的空间都是多角形的。从卧室的窗子里望出去可以看见高高的树梢。第一夜，我们都没有睡着。我们倾听着彼此的呼吸。接着，有一只夜莺唱起了歌，另一只在稍远处相和。我们没怎么说话。我整天都在翻地，时不时地会抬起头，望向卧室的窗户。你就一动不动地站在那里，望着远方。我知道你在和死神搏斗，希望自己能够无所畏惧地迎接它的到来。在沉默中，你是那么美，那么坚决，我根本无法想象你能够放弃生命。

我向报社请了假，和你一同住进医院的病房里。第一夜，窗外传来舒伯特的第九交响曲。它深深地刻在了我的心里。我能够记得在医院度过的每一个时刻。皮埃尔，国家科学研究中心的医生，他每天早晨都会来打听你的病情，他对我说："你会永远记得眼下这段悲喜交集的日子。"我希望知道你有多少机会能够再活五年的时间，这是治癌专家给出的期限。皮埃尔的回答是："五十年，五十年。"[①]我在想，我们终于应该充分享受一下现在，而不是总想着构筑未来了。我读了两本从美国带来的厄休拉·勒奎恩[②]的书。这两本书更是让我坚信自己所做出的选择没错。

等你出院之后，我们回到自己的家园。你看起来生气勃勃，这让我很放心，很高兴。你逃过了死神，生命有了新的意义和新的价值。几个月后，依利希在一次晚会上又见到了你，他很快就

① 原文为英语。

② Ursula Le Guin（1929— ），美国作家。

明白了这一点。他久久地凝望着你，对你说："你看到了另一面。"我不知道你是怎么回答的，也不知道你对别人的话有何想法。但是他立刻对我说，几乎就在和你说了这句话之后："看这目光！我现在明白她对你而言意味着什么。"他又一次邀请我们去他库埃纳瓦卡的家，还说我们愿意在那儿待多久，就在那儿待多久。

你已经看到了"彼岸"，你从一个我们回不来的地方回来了。这改变了你看事情的角度。在这一点上虽然我们没有商量过，但是我们做出了一致的决定。有一句英文很浪漫地诠释了这个意思："没有财富，只有生命。"

在你昏迷的日子里，我决定六十岁就退休。我开始计算我们曾经分离的时光。我在做饭做菜中找到了乐趣，我热衷于找寻能够帮你恢复体力的绿色食品，热衷于在瓦格拉姆广场订购顺势疗法医师推荐的权威制剂。

生态在不断要求促进另一种文明的同时成了一种生活方式，一种日常的实践。我已经到了思考一生都做过些什么，原本是想做什么的年龄。我觉得我并不曾真正地生活过，我总是站在一定的距离之外观察我的生命，只拓展了自己的某一个侧面，作为个人，我是贫瘠的。而你一直以来都比我富有。你在所有的空间里盛开。你与你的生活处于同一水平；而我却总是匆匆地奔赴下一项任务，仿佛我们的生活永远只能在稍后才真正开始。

我开始思考，什么是我应该放弃的次要的东西，放弃了它我才能集中精力追求最重要的。我对自己说，如果要真正理解各个方面的动荡所波及的范围，就需要更多思考的时间和空间，而这，却是全职的新闻记者无法做到的。1981年左派上台，我已经不再期待有任何革新，在莫洛瓦政府得到任命后的第二天，我就遇见了两位部长，我就是这么对他们说的。我很惊讶的是，为报纸工作了二十年，可是我的离开无论对自己而言还是对别人而言都不是那么难过。我还记得我曾经写信给E.，说归根到底，只有一件事对我来说是最主要的：那就是和你在一起。如果你不在了，我根本不能想象自己还能继续写下去。你才是最根本的所在，其余的一切，无论你在的时候在我看来有多么重要，可你一旦不在，就失去了意义和重要性。在我上一本书里，我已经在题词里写到了这点。

我们一起到乡间生活已经二十三年。开始是在“你的”家园里，那里有一种令人沉入冥想的和谐氛围。而我们只享受了三年。一个在建的核电站迫使我们不得不离开。我们又找到了一座房子，非常古老，夏天很是清凉，冬天却很温暖，还有一块很大的土地。我想你在那里应该会很幸福。就在只有一块草坪的地方你还创造了一个花草小灌木园。我在新房子的地上种了两百棵树。开始几年我们还会出门旅行；但是旅途的颠簸——无论是什么交通工具的颠簸——会令你头痛发作，浑身疼痛。蛛网膜病变让你不得不放弃了大部分你非常喜欢的活动。大家都没有发现你隐瞒了自己的痛苦。我们的朋友都觉得你“精神很好”。你一直鼓励我继续写下去。在我们的家园度过的二十三年里，我出版了六部书，还有一些文章和访谈。我们接待了几十位世界各地的来访者，我做了几十次采访。当然，我还是没有能够完成三十年前的心愿：能够与现时生活处在同一个平面上，只关注我们的共同生活所构成的财富。如今我又在重新回味当初迫不及待下决心的时刻。我的手上没有等待完成的重要著作。我再也不想——如果我用乔治·巴塔耶的话来说——“推迟存在”。我专注于你的存在，就像专注于我们的开始，我希望你能够感受到这一点。你给了我你的生命，你的一切；在剩下的日子里，我希望能够给你我的一切。

很快你就八十二岁了。身高缩短了六厘米，体重只有四十五公斤。但是你一如既往的美丽、幽雅，令我心动。我们已经在一起度过了五十八个年头，而我对你的爱愈发浓烈。我的胸口又有了这恼人的空茫，只有你灼热的身体依偎在我怀里时，它才能被填满。在夜晚的时刻，我有时会看见一个男人的影子：在空旷的道路和荒漠中，他走在一辆灵车后面。我就是这个男人。灵车里装的是你。我不要参加你的火化葬礼，我不要收到装有你骨灰的大口瓶。我听到凯瑟琳·费丽尔在唱，“世界是空的，我不想长寿”①，然后我醒了。我守着你的呼吸，我的手轻轻掠过你的身体。我们都不愿意在对方去了以后，一个人继续孤独地活下去。我们经常对彼此说，万一有来生，我们仍然愿意共同度过。

---

① 原文为德语。

图书在版编目(CIP)数据

致D／(法) 高兹 (Gorz, A.) 著；袁筱一译．—南京：南京大学出版社，2010.4 (2025.1重印)

ISBN 978-7-305-06745-7

Ⅰ. ①致… Ⅱ. ①高…②袁… Ⅲ. ①随笔—法国—现代 Ⅳ. ①I565.65

中国版本图书馆CIP数据核字 (2010) 第030823号

出 版 者 南京大学出版社
社　　址 南京市汉口路22号 邮　编 210093
网　　址 http://www.NjupCo.com

书　　名 ZHI D 致D
著　　者 [法]安德烈·高兹
译　　者 袁筱一
责任编辑 沈卫娟 潘 博
照　　排 南京紫藤制版印务中心
印　　刷 南京爱德印刷有限公司
开　　本 787 mm×1092 mm 1/32 印张3 字数32千
版　　次 2010年4月第1版 2025年1月第17次印刷
ISBN 978-7-305-06745-7
定　　价 36.00元

发行热线 025-83594756
电子邮箱 Press@NjupCo.com
Sales@NjupCo.com(市场部)